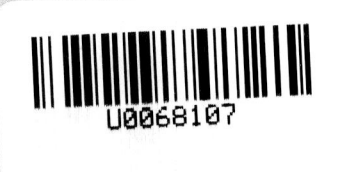

怕浪費奶奶開動了

文·圖 真珠真理子

譯 詹慕如

怕浪費奶奶來啦！

喊ㄏㄢˇ完ㄨㄢˊ「開ㄎㄞ動ㄉㄨㄥˋ！」開ㄎㄞ始ㄕˇ吃ㄔ飯ㄈㄢˋ後ㄏㄡˋ，
如ㄖㄨˊ果ㄍㄨㄛˇ一ㄧ直ㄓˊ挑ㄊㄧㄠ食ㄕˊ，
不ㄅㄨˋ吃ㄔ這ㄓㄜˋ個ㄍㄜˋ、不ㄅㄨˋ吃ㄔ那ㄋㄚˋ個ㄍㄜˋ，
奶ㄋㄞˇ奶ㄋㄞˇ就ㄐㄧㄡˋ會ㄏㄨㄟˋ一ㄧ邊ㄅㄧㄢ說ㄕㄨㄛ「真ㄓㄣ可ㄎㄜˇ惜ㄒㄧ」，
一ㄧ邊ㄅㄧㄢ走ㄗㄡˇ過ㄍㄨㄛˋ來ㄌㄞˊ唷ㄧㄛ。

「討厭胡蘿蔔，
討厭青椒。」

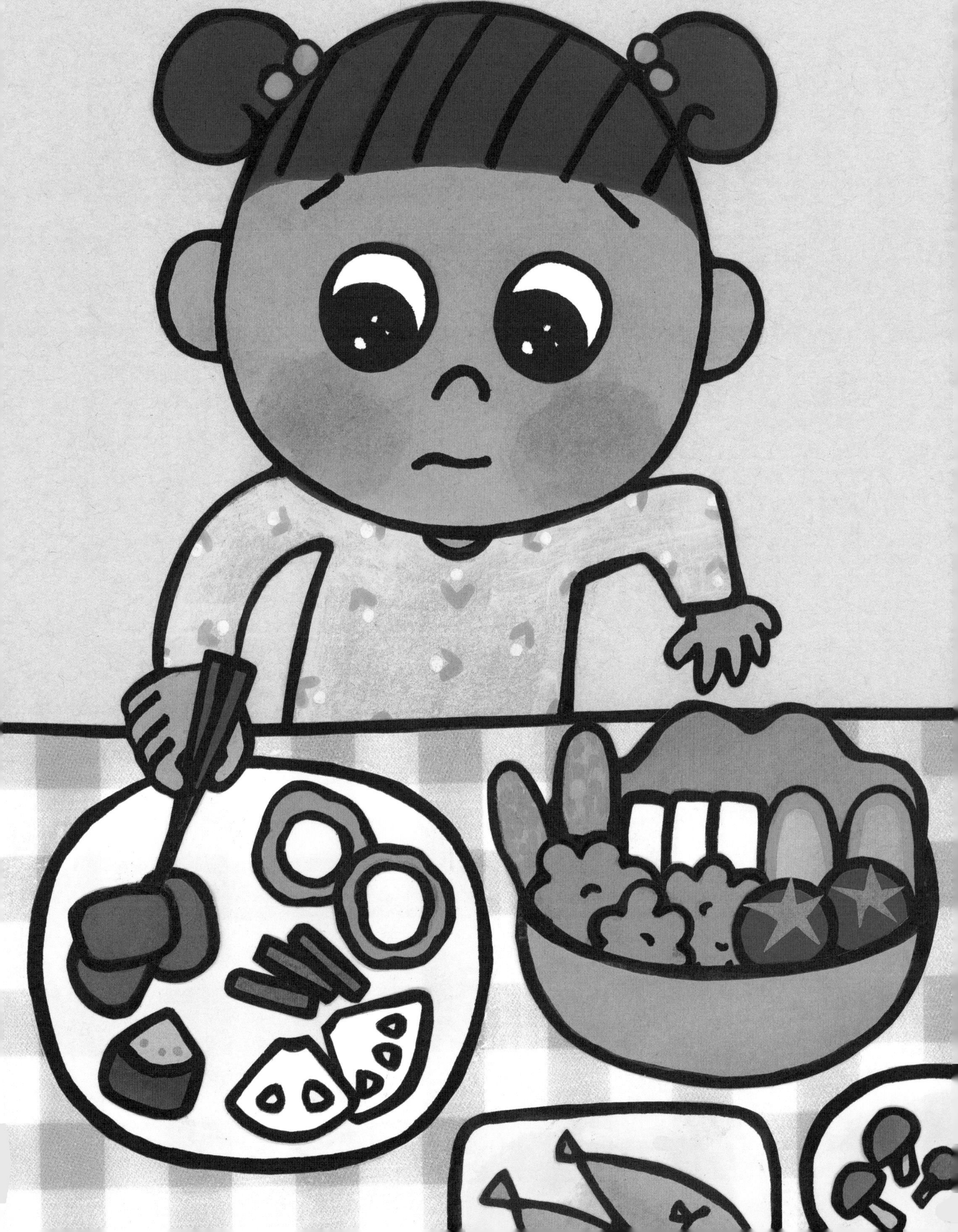

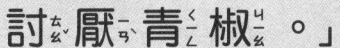

「也討厭其他所有蔬菜。」

「真可惜！」

「不管是胡蘿蔔或青椒，
多吃青菜身體才會健康啊！
嘿！呦！喝！
你不吃這些寶貴的食物，
真是太可惜了。」

「討厭魚，
討厭肉。」

「真可惜！」

「多吃魚、肉、豆類、牛奶，
可以讓你長得又高又壯！
咻——
不吃這些寶貴的食物，
真是太可惜了。」

「討厭海帶芽，
討厭鹿尾菜，
最最最最討厭香菇！」

「真可惜！」

「吃了海帶芽、鹿尾菜和香菇，
身體每天都會很舒服唷。
輕——飄——飄——
不吃這些寶貴的食物，
真是太可惜了。」

「這個也討厭，那個也討厭，
那你到底想吃什麼？
有你不討厭的東西嗎？」

「我最喜歡草莓、蘋果、香蕉，
還有橘子！」

「這樣就不會可惜了，很好很好。
但是只吃水果真可惜，
其他食物也要一起吃才行啊！」

「白飯呢？」

「討厭。」

「麵包呢？」

「討厭。」

「太可惜了！」

「白飯和麵包，還有烏龍麵和蕎麥麵，
都可以讓你充滿活力，
讓你開心玩耍。
不吃這些寶貴的食物，
真是太可惜了。
應該要全部吃完，一點也不能剩！」

「為什麼不能剩？」

「因為，為了讓
大家有東西吃，
有的人努力養殖、栽種
各種食物。